협상의 즐거움

문학세계사

　　오랜만에 고향 섬을 갔는데 바다는 메워지고 마을엔 유리 박물관이 들어섰다. 자칫 소홀히 하여 깨지기 쉬운 유리도 조심스럽게 다루면 새롭게 변신하는 것처럼, 변화하는 삶의 현장에서 사람들의 본성적인 행동을 대면하고, 그들의 놀람과 기쁨, 슬픔과 갈등을 여실히 표현하고 싶었다.

2016년 10월
정민나

□ 차례

1 유리섬

2 생명의 거미줄

3 사람들

□ 해설

1
유리섬

유리섬
―판정

구두 굽이 떨어져 나갔다

3cm 세상이 달아났다

늘푸른 세탁소의 강아지가 3cm 기울어져 멍멍 짖는다

길가에서 공놀이 하던 혜성이도

아파트 앞 공터에서 걸음마를 배우던 아현이도

3cm 기울어진 세상의 경사면을 걷는다

아슬한 오후의 경계를 밟으며 나는 수선소로 간다

한 평 남짓 수선소가 법정이다

뜯겨지고 망가진 구두들이 제 순서를 기다린다

만인을 평등하게

억울함 없이 반듯하게

땅땅땅 3cm 달아난 세상을 불러 세운다

3초도 안 걸린다

순식간에 똑바로 선 나는 밀려 있는 일과를 확인하고

평평해진 도로를 또각또각 밟으며 왔던 길을 다시 간다

아무도 모른다

새로 돋아난 길 위에 흑장미들이 줄 다투어 피어나는

것을

길 위의 집들이 3cm 자라난 주춧돌 위에
새로 지어졌다는 것을

유리섬
―크린

대명 군경 합동 검문소 앞에서 나는 군경과 나란히 서 있었다

도로 건너에 그물을 정돈하는 사내가 보였다

길상면에서 불어 오는 바람
온수리에서 밀려 오는 구름
밤나무골에서 달려온 미세먼지가 지나갔지만
검문소를 지키는 군경은 아무것도 검문하지 않았다

나도 이마에 흐르는 땀과 벌겋게 일어서는 알러지 미간에 자리잡는 주름과 까무잡잡 내려앉는 몸속의 기미들을 통과시키며 가만히 햇빛 속에 서 있었다

그 사이 그물을 정돈하던 사람은 멀어지고 있었다

군경은 수신호로 차를 세워 기다리는 나를 태워 주었다 오류골에서 묻어온 열기들이 말갛게 씻겨져 칸칸 의자마다 앉아 있었다

눈송이 통신

장미꽃 마을을 들어선 것이 어제 같은데 오토바이 사내 문득 멈추네

매캐한 하늘이 올라오고 물안개가 내려가는 잿빛 바다 상점들이 불을 켜네

한강으로 투신한 사람이 기적처럼 살아났다는 뉴스가 들려올 때 잠복 중이던 사내 라이터를 집어 드네

구름 속에서 반짝 비행기 뜨고 쓰레기를 태우는 저녁 곁으로 물이 차오르네 스크럼을 짠 수십 마리 오리 떼 수면 위로 올라오네

물고기가 퍼지기 전 그물추를 물릴 수 없다고 정수통을 매고 물방울의 입자가 계단을 오르네

눈송이들 다시 볼륨을 높이네

유리섬
─소독차가 지나간 자리

'아이가 타고 있어요' 경계를 새긴 적군의 함대가 페이지를 지나간다

　선장은 서둘러 발포 정지 명령을 내린다

　펑펑 포탄을 쏘듯 소독차는 근린공원을 돌아간다 풀과 꽃과 나무들의 원형 광장에서 '문제가 생기면 개인과 개인 나라와 나라는 서로 만나 대화로써……' 다음 장을 넘기는데 발밑으로 점박이 어린 나방이 떨어진다

　자세히 보니 날개가 접힌 놈, 팔다리만 미동이 있는 놈, 방아깨비, 사마귀, 초록 잠자리 어린 새끼들이 파닥이며 몸을 떤다 "우린 한 번도 만난 적이 없지요?"

　질문하는 아이를 데리고 햇살은 공원의 음수대를 빠져나간다 흰줄무늬그늘나비 한 마리 대평太平 공원에서 숨을 몰아쉬는데 홀홀 넘어가던 글자가 돌탑 아래 정지되어 있다

흰 손수건을 흔들며 타전할 수 없는 이 마을 한가운데
독 묻은 아침이 평화의 책을 읽고 있다

유리섬
—살구나무 7층

익스프레스 사다리를 타고 올라가는 7층 높이의 네모난 그림자들이 동양 골재 포크레인이 파고 올라가는 6층 높이의 흙과 뿌리들이 문제가 된 페이지를 뜯어 내느라 숨소리 거칠다

불가마에서 뻘뻘 땀 흘리는 5층 높이의 알몸의 수증기들이 옐로캡 택배 기사 아저씨가 배달하는 4층 높이의 기다림의 노오란 눈동자들이 7층 로뎀 프라자 살구나무를 가득 채웠다

지나가는 한 사내가 그 나무를 마구 흔든다

대형 유리 거울을 새로 갈아 끼우는 3층 높이의 반쯤은 반사되고 반쯤은 끌어안는 햇빛들이 컬러 흑백의 잉크를 충전하는 2층 높이의 구름들이 공중으로 흩날린다

계단을 쓸어내는 살구나무 분주히 일렁일 때

폐자재를 골라 내는 1층 높이의 평행선들 뜨겁고 거친
여름 마당에 펼쳐진다 고려 자원 먼지들 밤이 되어서야
잠잠하다

유리섬
―초대

새단장 쇼파 전문 매장에서 엔틱 모던 가구 인테리어 소품점에서 토종 순대국 만석이네 집에서 생기 약국에서 신태양 안경점에서 과외 혁명 원플라스 학원에서 김포 꽃 화원에서 씨를 받아 왔다

난蘭 생처음 자생란 가게에 낚시 플라자에 클릭 사랑 보드게임 제이제이에 아이미즈 산부인과에 활어회 직판장에 21세기 미소 치과에 쓰고 남은 씨를 무료로 나눠 주었다

발꿈치를 높이 든 전기공 어깨 위에 신호를 놓치지 않으려고 절뚝이며 뛰어오는 할아버지의 발등에 '파출부 쓰실 분' 전단지를 붙이는 여자의 몸 위에 줄기는 왕성하게 피어오른다

바퀴들 쌩쌩 굴러가는 시내 한복판 목화* 피었다고 이 마을 사람들도 틀어 보니 새하얀 무명 꽃이더라고

인견 피그먼트 이불과 극세사 차렵이불 아사 원단 침
구류 소매상을 하는 친구에게 편지를 쓴다 목화솜 이불
덮고 하룻밤 자고 가라고

  요즘 신新도시 사람들의 감촉이 많이 달라졌다고

* 요즘 목화씨를 일정량 배급하는 도시가 있다.

유리섬
— 공룡을 조립하는 아이

모형 등대 아래 어린 아이 앉아 있다 찬바람이 노란 은행잎을 이리저리 몰아가는데 그 아이 일어설 줄 모른다

캄캄해지면 들어와야지 쫓아 나온 저녁놀이 옆집 아이들을 데려가는 동안에도 보도블록 찬 바닥에 앉아 공룡을 조립하고 있다

아빠는 아직 회사에서 돌아오지 않았어요 엄마는 한 달에 두 번 와요 3번을 꾸욱 누르면 엄마와 통화할 수 있어요

티라노사우루스 머리 몸통 꼬리를 맞추어 나갈 때 아이의 목소리를 밟고 있는 작은 나뭇가지 그림자가 허공에서 흔들린다

공룡 등허리를 잡고 이리저리 뛰어노는 아이의 공원 한쪽 수풀이 어느덧 깊은 원시림으로 솟아오르고 새끼 손톱만 한 달은 하늘 가장자리에서 골똘히 내려다본다

유리섬
—인공 누액

황사가 불면 꽃나무가 하나 둘 돌아눕는다

기우뚱 서쪽 하늘로 날아가는 봄은
재활용 하치장에서 웃고 있는 신랑 신부

사모관대를 한 남편과 곱게 한복을 차려입은 신부는
촉촉한 눈망울을 굴리며 공기 방울을 만드는데

누군가 내다 버린 물소리

운동화를 준비하지 못한 봄이
구두를 신고 뾰족한 산으로 올라간다

몹쓸 인간 이런 건 돈을 내고 버려야지
재활용 경비經費를 안 내고 버린 것만 못내 괘씸한 경
비警備 아저씨
지나가는 사람들 다 보라고 봄의 중앙에 사진을 세운다

그녀는 웃음을 터뜨리기 직전 봉오리인데
돈을 내기 전까지는 다른 꽃은 리필이 안 되겠다고
충혈된 눈으로 꽃샘바람 지나간다

꽃 핀 연안부두

문을 들어서면 바다로 들어가는 시간
꽃게들은 벌써 제 속이 타들어 가는지 천장을 치받는다
줄어드는 먹이를 찾아 가까이 철썩이는 파도
일요일 조기축구회 사내들처럼 환하게 빗속을 뛰어다
니고
예민한 구애의 손짓으로 제 짝을 불러 세운다
너무 많은 구혼이 쏟아진 꽃게는
고단한 자기 몫을 옆으로 옆으로 넘기고
일찌감치 골문을 통과한다
사랑한다 고백한 뒤에 밤잠을 설치는 조개들
바람 부는 지붕 밑 두꺼운 벽을 미는
갈치 우럭 가자미……
퐁퐁 솟아오르느라 투박한 손마다 꽃이 핀다

유리섬
―어떤 소요

대평공원 한가운데 걸음을 옮기는 사마귀 여긴 너희 동네가 아니야 길을 막으면 고개를 들고 정면으로 맞선다

해적선과 등대와 야외 공연장으로 둘러싸인 대평공원기가 찬지 지나가는 아이들과 산책 나온 풍산개와 청소하는 아줌마를 불러 모은다

하늘의 구름도 멈칫, 이 광경을 바라보고 달래듯이 날개를 쓰다듬어 본다 너희 집으로 가려면 뒤로 돌아가야 해 여긴 위험해 몸을 돌려놓으면 되돌아서 전차처럼 폼을 잡는다

사마귀, 원정인가 파병인가 이 아침의 출사표는 누구를 향한 도전인가 무모한 전진 속 한 마리 사마귀가 도달한 곳에서 모든 존재들은 고개를 갸웃, 지켜보고 있다

어디를 향하든 사마귀, 펼쳐지는 날개는 색색으로 방자放恣한데 행군하는 발자국을 따라가면 야유하는 적들

도 생겨나

　물을 뿜는 개미 음수대 뜻밖의 타이밍처럼 길을 비켜
주는 돌탑은 헛헛! 기침을 한다

유리섬
―내비게이션

들판 한가운데로 들어간다

돌아서려 하면 푸드덕 주변의 거위를 날린다

상추밭 가장자리를 밟다가 이 길은 아니야 망설이고

간신히 빠져나온 삼거리, 좌회전해야 할 것 같은데 우
회전한다

우물쭈물하는 사이

업데이트 하지 못한 계절은

배꽃을 떨어뜨린 우박을 밟고 서 있다

자기 견해를 뺀 줄거리로 오늘이라는 고속도로로 들
어서라는

아버지의 당부는

오류가 날 수 없다는 표정이지만

눈 녹지 않은 비닐하우스를 하얗게 켜고

사람들의 농로 한가운데 멈춰 있다

유리섬
―모노레일

굴속으로 들어서면 몸을 납작 숙인다 초입의 명랑한 입술은 다문다 표면을 스치듯 침묵의 잎새로 굴러간다

음파의 무늬 위에서 내려오고 옆으로 들어가고 지층으로 쌓인다

들어갈수록 표정을 바꾸는 바람 새들은 엉클어지고 물살은 빨라지고 새어 나오는 어둠 불어나는 굴속으로 시선이 휘돌아간다 촉각은 멀어진다

어디에도 닿지 않는 비탄의 숨소리 흘러나오면 누군가 어둠 속에서 밧줄을 던진다

빛줄기를 당기면 최초의 입술이 벌어진다 굴 밖으로 빠져나오면 갓 낳은 아기처럼 매끈하다

이 세상에 저 깊은 굴이 있다는 사실을 잊고 까마득한 옆길을 굴러간다

유리섬
―우박

창문을 열면

관 같은 통로를 따라 데굴데굴 굴러온다

파랑새의 지면이 얇은 꽃잎처럼 주름진다

꽃대를 움켜쥔 바람

마른 들국화의 심장으로 번개가 지나간다

놀이터의 그네와 시소는 휴일을 잠근다

얼룩말과 향나무 사이 괄호를 치고

청단풍의 골목이 후두둑 떨어진다

쿨럭쿨럭 기침을 한다 나뭇잎들이

새파랗게 휘어진다 학교 담장 너머에서

입김이 후우! 구름의 종소리에 좌정한다

참새가 텀블링하듯 이파리와 하늘 공간 사이에서

날아온다…… 잔디의 지면에 닿아 평등해진다

유리섬
─타샤의 정원에서

시어른 생일을 깜빡 잊은 죄로 좌불안석 캄캄해진 그
녀가
국과 반찬 위에 반 스푼의 금가루를 뿌려드렸다

흐린 하루가 금빛 광선으로 치유되는 시간은
특별한 걸 해주지 않아요
그저 나무와 꽃이 기뻐하리란 걸 알지요

독거노인 봉사하러 간 날
양은냄비에 물을 끓여 스텐 양재기에 듬뿍
커피를 내어 주시던 할머니
그 커피 위에 정성껏 띄워 주신 하얀 잣 몇 알처럼

햇볕과 거름 필요할 때 주기만 하면
정원은 활짝 화답해 준다고
그녀는 고분고분하고 순한 나무와 꽃들의 길을
걸어가는 것이었다

유리섬
—단절

된장국 속에 핸드폰을 빠뜨렸다
전원은 꺼지지 않았는데 작동되지 않는다

빠르게 부식되는 칩
그와의 대화가 더부룩 부풀어 오른다

점심 한때의 시간이 유리벽에 부딪혀
발효되지 않는 햇살처럼
꾹꾹 눌러도 떠오르지 않는 버튼들

이 세상엔 만나서 불꽃이 되는 인연이 있고
물결이 되는 사연이 있다지만
국물은 어떤 회로를 따라 흘러
관계의 모서리를 지우는가

봄나물을 씹던 입안에서 모래알 씹히듯
한숨 같은 욕설이 새어나오고
그와의 대화가 중도에서 토막난다

전원은 꺼지지 않았는데
토촌 마당가 복숭아나무는 틔우던 꽃망울을 닫고
시야가 어두워진다

유리섬
―일출

바다가 안테나를 세운다

지평선을 잇는 궁금한 사연들이 짙은 물굽이로 넘실
거린다

물보라를 가르며 고깃배 한 척 들어온다

붉은 하늘이 열리며 배터리가 충전된다

얼른 버튼을 누르니 펄떡이는 가마우지 날아간다

수평선과 교신이 가능하니 어시장 바닥에서 물고기가
튀어 오른다

수심水深이 얕았던 몸속의 별들

수심愁心이 깊었던 일상의 꿈들

돌아서서 아무 번호나 꾹꾹 눌러도

한 방에 통하는 하늘과

접속接續 중이다

유리섬
—입춘

그녀의 집에 도둑이 들었다는 말에
문풍지가 떨리는 소리를 들었다

문고리를 꽉 잡고 누구냐고
누가 오셨느냐고 큰 소리로 묻자
쨍그랑 유리창이 깨어지고 오히려 꾸짖는 목소리

이 늦은 밤까지 뭐 하는 것이여
밤이 되면 잠을 자야 할 것 아니여
호령號令하는 도둑님 말씀에
온 세상이 조용

식탁도 전화기도 숨을 쉬지 않고
가만히 문고리를 잡고 있었다는 것
새파랗게 언 손을 비비며 인동덩굴 서성이는
문 앞에서

홀로 되돌아가는 검은 복면의 사나이가 떠올라

다시 하얗게
봄의 기운을 듣게 되었다는 것

굴포천의 줄넘기

뺨은 불쑥 튀어나왔고 꼬리자루는 낮고 머리와 몸의 높이가 같은 원시의 할머니 밀어가 뛰어든다

앞부분은 원통형이고 뒷부분은 옆으로 납작한 중세의 며느리 꾹저구도 뛰어든다

머리는 원뿔 모양이고 눈은 서쪽에 붙었는데 비가 내릴 때 활발하게 헤엄치는 근대의 아버지 미꾸리도 뛰어든다

꼬마야 꼬마야 눅눅한 땅 손을 짚어라 꼬마야 꼬마야 울퉁불퉁 뒤를 돌아라 꼬마야 꼬마야 건너야 할 강 만세를 불러라

물살의 급류를 뛰어넘는 메기 아들 먹구름 하늘 강을 돌아오는 잉어 아빠 미장센과 몽타주가 화면 속에서 겹쳐진다

참붕어 송사리 모두 나온 야간 경기 몸의 팔이 마음의
다리가 순간순간 피어오르는 엄마 선수들은 간혹 타이
밍을 놓치지만

　굴포천, 가출했던 물고기들 일제히 뛰어들어 펄떡펄
떡 새들의 투명 망토 나부낀다

유리섬
—초인종

딩동 눈이 살짝 내렸어요 당신도 심봉사처럼 쩍! 눈뜨게 된다면 얼마나 통쾌할까요?

동파될 염려가 있으니 문을 꼭 닫아 주십시오 마트에서 배추 한 포기 천 원 무 한 개에 오백 원이래요 농부들은 또 밭을 갈아엎겠죠

딩동 그렇다고 갓바위 찾아가지 마세요 고양이 뿔에 속는 거예요 심청이도 바닷속 바닥에 닿은 뒤에야 수정궁에 들었대요

딩동 21세기 전망에 대한 강의에 꼭 참석해 주세요 당신의 현재가 보입니다

그런데 저는 라이프아카데미에 나가고 있습니다 거기 사과나무가 있다고 해서 바람 소리 파도 소리를 뒤지며 사과를 찾고 있습니다만……

사실 필요한 건 귤 한 쪽이지요 심플할수록 좋은 것
솔개가 날고 물고기가 뛰노는 거 저렇게 쌍둥이 하늘이
파래지는 거

딩동 연결해 드리겠습니다

축하합니다 사내社內 생활 아이디어 공모전 장려상에
뽑히셨습니다

유리섬
―도깨비는 수리 중

사슴이 많이 번식해서 도깨비는 마을까지 내려왔습니다 바람은 휘청 눈이 옆으로 옆으로 오네요

중심을 잘 잡아도 오른쪽은 뾰족뾰족한 구름, 땅이 솟아올라 빙 둘러서 도야 호수 바람 부네요

이 보리밭 올라서야 하는데 철썩철썩 파도쳐야 하는데 미끄러지며 낮은 곳에 고여 있어 달리던 차도 놀라 가만히 움직이지 않고

호수가 팔뚝만 한 잉어처럼 밀리고 있을 때 왼편은 눈보라, 소나무들 휘어지고 쓰러지고

지붕 고치러 올라간 사람 돌풍 부네요

전에는 안 그랬는데 사슴이 번식해서 도깨비는 옆으로 옆으로 걸어오네요 세게 바람 부니까 곳곳에서 밀리는 검은 말……

말 사시미 말 기름 말 비누 찢어질 것 같은 도깨비는 마그마가 솟아올라 뜨거운 공기가 내륙까지 올라왔어요

상처 입은 어린 새끼들 먹구름보다 빨리 달립니다 어디든 먹을 양식은 부족하여 안개의 터널은 몇 시간째 난분분

도깨비는 뚝뚝 떨어져 낡은 타이어로 변신을 하고

낙엽이 춤추고 도깨비는 기상 이변 함박눈 따로 커피 값 따로 평생 일하다 출발시킨 휴일은 휘청

천장이 높아서 하얗기만 한 도깨비는 앞이 안 보여요

2
생명의 거미줄

유리섬
—길항拮抗

섬을 가로지르는 비행기가 평평한 수면을 구불텅 구부린다 섬사람들 목마른 갯벌을 열어 놓으면 출입문이 열린 외지인外地人들 바다 생물과 섞인다

이물질을 견디지 못하는 새들은 간혹 자살을 시도하거나 병들어 죽기도 하는데 전차처럼 바다에 맞서는 사람들…… 그 힘으로 바닷가에 새 집이 들어서기도 한다

은빛 모래는 여전히 바다 편이어서 조금만 해풍이 불어도 파도로 밀려가고 그럴 때마다 사람들은 포대에 모래를 싣고 와 해변에 쏟아붓는다

끌려가지 않으려고 파도는 밀려오고 밀려나지 않으려고 사람들은 유입된다 갯벌이 쩍쩍 갈라지도록

갈매기는 바다 편 잠자리는 사람 편 출입문은 지연되는 것이 아니라 기후변화협약을 위한 테이블…… 계절을 잡아끌며 줄다리기가 시작되는 동안에도

소라게는 바다 편 해수욕장은 사람 편 천연의 바위
가 후욱! 인광燐鑛에 닳아 가고 있다

아랫말 고인돌군을 지나다

물댄 동산 너머 교동 대교 물살이 세서 공사하다가 교
각이 떨어져 나간 곳 이 출렁다리 뒤에 이 물소리 뒤에
대낮을 기어오르는 호두포 잡풀들의 고성방가 집을 지
으려면 무성한 가시나무를 베어 내고 밤나무를 심어야
지 저 멀리 경계를 넘어오는 송학산 섬을 한 바퀴 돌아
출입증을 반납하기까지 붉은 해를 넘어간다

수림이 좋은 망월리 흰나비가 날아가는 곳은 평원인
데 이편과 저편을 가르는 바다는 물살이 세다 양도면 건
평항 그물을 든 어부가 물이 들어오는 길목을 지킨다 갈
매기는 고깃배를 기다리고 바다가 보이는 곳에 짓다만
집들은 경기가 풀리기만 기다린다 이 푹푹 찌는 더위를
물리치려고 태풍을 기다리는 사람도 있다

해변을 끼고 노을빛 머무는 집은 철새 도래지…… 해
안남로 아미 바다 저단 기어로 물결친다 빈방도 많고 사
람도 많고 목발 지뢰도 간간이 떠내려 오는 이곳에서 묵
밥을 먹은 농부들 양파망으로 수수 알곡을 씌우고 있다

이 섬 앞에 희미하게 보이는 저 뾰족산은 매일 물을 건너와 언제든지 대치 중인데

　고른 호흡률로 해나루 버드러지 마을은 물이 들어오고 있어 이곳에 짐을 풀고 우리 그냥 여기서 살자 여름 향기 막바지 언덕을 넘어와 해달별 편의점 의자에 털썩 주저앉는다 함허동천에서 올라오는 험한 길도 한숨 쉬듯 하얀 꽃 메밀밭을 펼친다

　뙤약볕 바위들은 자라는 풀들에 가려 순해지다 무성히 장렬한다

장수풍뎅이

바위와 바위 사이 바닥을 눕히고 하늘을 세우기도 하는 풍뎅이 우산을 뒤집으며 날아가는

비의 연꽃 지대에 살아요 울긋불긋 아이들은 안개의 꽃나무를 돌보는데 돌우물 돌무덤 돌무지개를 지나서 숲길의 의자는 서어나무

이끼인지 잡풀인지 파도를 넘는 바위 뒤에서 버스를 기다리네 엉겅퀴가 밟고 지나가는 까치 울음소리 숨이 차서 보라색 하늘이 빙글 돌아가는

안개의 황무지에 살아요 난전에 울컥 솟구치는 천둥처럼 하얀 수국에 살아요 허리를 펴고 우산을 펴고 또르르 굴러가는

활엽의 모서리에 살아요 바위들 성큼 야생의 꽃들 몰아가는 호숫가 꽃잎들 뚝뚝 떨어져 누구도 보지 못하고 지나치는

정지된 수련 정지된 카멜레온 비의 배낭에 집어넣고

이번 정거장은 구상나무 절벽이 아니어요 강물을 타고 넘는 녹색의 밤도 아니어요 사막을 넘고 민물과 바닷물이 만나는

참나무 암석원…… 길과 새와 낮은 꽃대궁이 물속에 그림자를 세우는 공기의 늪지대에 살아요

인상유삼저印象劉三姐*

저녁이 하얀 비옷을 입고 등장한다

동쪽 봉우리가 우르르르
서쪽 봉우리가 번쩍
빗방울 섬돌 위로 부려진다

몽환이강을 건너온 우렁이가 알을 까놓은
마을은 판다처럼 귀엽고 망고처럼 달콤한데
세상 밖의 도원을 태우고 인상의 무대*는
천연의 세계로 흘러든다

수초는 구부러지고 흔들리면서 날이 저물어
검은 산맥의 선율을 마음에 둔 강물은
블랙홀의 입구를 연다

무명의 낮은 선율을 그러모아
왜가리의 울음은 빗소리의 입구처럼 떠오르고
인공人工에서 자연自然으로 나아가는 뇌우는 엄숙하다

동과 시를 가르는 바람 지나가면
바구니에 담긴 파도 같은 원주민들
출구로 눈길을 돌린다

부지런한 뱃사공들 바람을 실어 나른다

* 계림 양삭 이강 산수를 배경으로 하는 장예모 감독의 예술 공연

유리섬
—구제역

팽나무 초입에서 이제 막 피기 시작한 별빛이 꺾여 들어간다 뿌리에서 우듬지까지 하얀 동백의 날개도 잘려 들어간다

쇠부엉이 피켓들 힘도 없이 고분고분 돌아갈 시간도 없이 꽈배기처럼 마구 뒤섞인다

겨울 화살나무 꽃잎들 검독원의 눈빛처럼 충혈되어 화르르르 내장들 쏟아 낸다 폐기처분된 살들이 마구 뒤섞인다

볼을 때리는 찬바람 급하게 돌아나가는 섬마을 바퀴소리 요란하게 영 엔지니어 마크를 달고 언덕길을 오른다

"생화 전시회 개장합니다"

가축 매립장 찬바람을 당기며 반역의 힘으로 피어오르는 저 여름꽃들

유리섬
—SNS

휴! 무거워 개미 같은 세상이 왜 이렇게 무겁담
거꾸로 말하는 거꾸리
차가워서 뜨거운 목욕탕을 뛰쳐나오네

농사도 짓지 않고 부자가 되다니 〈박석무〉
선생님 문어 다리가 여덟 개예요 열 개예요 〈김유림〉
영화 감상문 안 쓰면 안 될까요 제대로 본 것 한 개도
없어요 〈한결이〉
마미 언제 집에 와 〈나는 나를 믿는 딸!〉

거꾸리 세상에 문자가 오네
자꾸자꾸 쌓이네

P.M 칼날   가장 저렴한 책 vs 명품 세트 당신의 선택
은? ※ 2:12
P.M 뱅뱅   천국과 지옥 갔다 온 간증 듣고 왔어요 ♪
4:20
P.M 미래앤   승인 번호 63936 입력시 결제됩니다 ₡
5:40

P.M 상촌면 　 다산이 귀양살이를 하지 않았다면
⇒7:00

P.M 자혁이맘 　 종이책은 죽지 않는다 ♣10:57

거꾸리가 멋진 개구리를 보았다면 그건 못생긴 개구
리다

거꾸리가 못생긴 개구리를 보았다면 그건 멋진 개구
리다

저렇게 못생긴 개구리

저렇게 잘생긴 개구리

나는 어떤 거꾸로 된 말들을 걸어 놓고

유리섬
—대기실에서

진료실 앞 대기 강영희 김영례 배순매 현 위치 대기 박언년 이춘옥 김수복…… 대기한 이름들 모두 발가락이 꼬였다

발가락이 헐었다고 돌려보내진 현장 인부들은 한 채의 꿈 밖으로 하루아침에 워크 아웃된 발들이다

대기大氣의 압력에 항의하는 구름들은 짙은 정형외과 유리창을 점거하고 있다

강한 항생제 한 대 놔 주세요 보호자의 한 마디에 죄 없는 발가락들 새파랗게 주름진다

푸근하게 쏟아지는 눈발을 구경할 수 없어 구부러지고 휘어진 발가락들 모두 예민하게 튀어나와 있다

유리섬
─무녀도

 비나나를 이고 가는 여자 중심을 잘 잡고 노란 태양太
陽 한 송이를 머리에 이고 또박또박 걸어가는 여자

 주유기를 매단 채 엑셀을 밟는 여자 주유가 끝나지 않
았는데 그녀를 출발시키는 여자 콸콸 솟아오르는 에너
지 주유기가 홱 돌아가도록

 역동적인 팔을 휘두르는 여자 등대 앞에서 한 겹 두 겹
껍질을 벗으며 햇볕에 반사되는 여자

 조용히 중심을 미끄러지는 여자

유리섬
―엘리뇨 침식

엄마는 기력이 없어 화장실 변기에 앉지 못한다
변기 아래에서 높은 봉우리를 쳐다보신다
딱딱한 바위를 껴안고 멀고도 먼 길이여
몇 번이나 고개를 숙이신다
저 거룩한 변기 오르지 못하는 엄마는
칠만 년 전 밀림에서 돌아온 사피엔스
수면이 낮아지는 섬이 되셨다
수직의 절벽이 힘없이 툭툭 내려앉는 시간
한참을 떠내려 가도
침식이 멈추지 않는 엄마는
안으로 안으로 범람하는 지구
울음을 다물어도 탈출하지 못한다

유리섬
　－유빙이 떠내려오는 시간

　구름 밀대로 밀어도 바닷길은 손잡지 않고 걸어가는
연인들

　톱니 모양의 햇살 청단풍 가지에 걸어 놓고 마른 이끼
줄기를 타고 흐른다

　한 블록에서 다음 블록으로 구름이 새와 설경을 감추
듯 모퉁이를 툭 쳐서 붉은 기운이 올라오면

　누구 것인지 모르는 마음 깃을 물고 날아오르는 까치
울음소리 불규칙한 세모 네모 육각형의 시간이 밀려가
면

　커다란 집게로 조각조각 집어 올린다 지렁이가 에스
자로 굳어 가는 길

유리섬
―이방인 놀이

진딧물 새까맣게 올라오는

보자기 밖의 세계는 콘크리트 옥상 그 난간 아래 이어지는 지면은 햇볕이 닿은 풀과 나무 무수한 개미집과 새들의 계절이므로

그림자를 끌어다 덮거나 나무토막처럼 시체놀이를 한다

냉동된 생물을 해동시키는 하얀 치아처럼 생존율이 높아 보이는 잎새들, 붕붕 날아 한 뿌리의 풍요를 흔들 때

허물을 벗은 바구미, 풀잎에 내려앉는다 꼬물꼬물 다른 장소 다른 시간에 몸을 일으킨다

햇볕을 앓다가 죽지 않고 살아난 바구미 이슬이 촉촉한 대기를 건넌다

카오스 고양이

도서관 지하실은 어두워서 아무도 살지 않는데
고양이가 새끼를 낳은 줄도 모르고 여자는 책을 펼친다
펼치면 꼬물꼬물 올라오는 고양이들
가뭄 끝에 펼쳐지는 아이들
오르고 내리고 달리고 구르면서
고양이 음악을 들려준다

고분고분한 머리를 쓰다듬으면
계절의 순환처럼 새벽녘엔 촉촉이 비가 온다
오는 비는 멈추지 않고 오월의 나무를 푹 젖어들게 한다

쏟아지는 물속에서
몇 번이나 번개 치고 바람 불면서
고양이 천장이 새고 있다 물그릇처럼 기울어
절실한 눈빛으로 고양이 서 있는데

여자는 비켜서 있다
끝끝내 마주치지 않으려는 눈길 속으로

고양이 이사를 간다 문을 다 열어 놓고
천천히 또 길을 지운다

유리섬
―만국기 다는 사람

공기의 가락을 스쳐 보고

징검징검 디뎌보고 걸음을 옮길 때마다

촘촘히 지면을 평행으로 들고 가는 사람

기마전 이어달리기 운동장에

함성이 쏟아지기 전

향나무의 향기를 조율한다

바구니 터지기 전

잎사귀에서 내미는 수많은 손

개미와 비둘기 민들레와 잠자리

이곳에 실눈이 켜져 있어

한 사람 한 사람 몸소 져 나르는

셀 수 없는 빛

오후의 멜로디를 달려 본다

유리섬
─그녀의 오락

위층에는 고양이 아래층에는 달팽이 53층 꼭대기에는 고슴도치가 살았어요 그들은 모두 클로버를 찾았지요

예전에 고양이는 클로버가 나쵸칩인 줄 알고 냠냠 먹어 버렸어요 달팽이는 슬금슬금 기어 다니다 클로버인 줄 모르고 그 잎에 맺힌 이슬만 먹고 살았대요 고슴도치는 등에 돋은 가시 때문에 클로버가 찢어지기도 했지요

그들은 각자 길을 가다 너무 힘이 들면 함께 만나 클로버를 찾는 일을 했어요 지도를 만들어서 샅샅이 이 세상을 뒤지기도 했지요 그 일은 생각만큼 쉽지 않았어요

클로버 곁에서 쉬고 있을 때에도 아! 이 잎은 왜 이리 작은 거야 불평하면서 재빨리 자리에서 일어났어요 그들은 다른 잎이 클로버인 줄 알고 길을 떠났어요

덩굴손끈끈이에 잡혔을 땐 혼신을 다해 고양이 발톱으로 할퀴고 고슴도치 가시로 찌르고 미끈거리는 달팽이

혀로 떠다밀었어요 꼭 조이는 길이 데굴데굴 굴러가자

출발! 소리와 함께 클로버를 타고 내려오는 고슴도치

클로버를 타고 내려오는 고양이 클로버를 타고 내려오는 달팽이 이건 정말 함박눈이에요 수많은 손들 창밖으로 쑥쑥 자라는

유리섬
—구름 인터렉티브

요동치는 세계와 평정하는 손바닥 사이에서 어두운 정원을 가로지를 우산이 없는 분 빠르게 꽃잎을 오므리는 사람…… 구름 상점 이편으로 접속해 주세요

꿈꾸는 분들의 수도권에 거주하면서 구름 때문에 면역력이 떨어지는 분은 구름 렌즈, 구름 잠옷, 구름 계단을 모두 집어넣고 구름이 우리 몸에서 어떤 작용을 하는지 무료 체험을 해보시기 바랍니다

오래된 컴퓨터 고장 난 티비 작동되지 않는 물건들이 빗줄기의 내실에 갇혀 실려 나오지 않을 때, 점화되지 않던 불꽃들 양말가게 좌판 위로 완두콩 지붕 위로 후두둑 굴러갈 때

일흔두 가지 도술을 부리며 만화 영화에도 등장한 손오공의 근두운筋斗雲은 에네르기 파장과 초사이언의 기술로 세상을 제압하여 고층운, 충적운, 고적운 같은 전래의 구름과는 다른 느낌을 주기도 합니다

구름을 집어넣으면 새로운 구름이 출력되는 나날

　짙은 먹구름은 구르다가 감쪽같이 사라지고 지느러미
비늘 구름, 솜사탕 흰 구름은 판도라의 상자처럼 맨 끝
에 얼굴을 내밉니다

　집요한 구름, 나른한 구름, 악어 이빨, 새의 날개, 자유
자재로 구부리고 펼 수 있는 구름 상점은 성업 중

　시전市廛의 밀림 속에서 시시각각 변하는 구름들, 떼구
르르 쏟아집니다

유리섬
―태풍이 지나가는 자리

두 귀는 활짝 펴고 엄니를 높이 치켜든 채 흠뻑 비를 맞는 등대 몸에 붙은 가시로 덜걱덜걱 소리를 내면서 날개가 무거운 것들은 털을 곤두세운다

녹나무 가지에서 고물고물 걸어 나오던 연두 강아지 쾅쾅 가슴을 치면서 달려오는 번개를 마주하고 있다 구름을 접어 가벼운 바람개비를 돌리던 햇빛이 반나절 젖은 신발을 들고 서 있어도

코에 주름을 잡은 코끼리의 습격을 받는다 꼬리를 떨면서 고함을 지르는 호저의 공격을 받는다 귀를 뒤로 젖힌 사슴과 뿔을 휘두르는 코뿔소 발을 구르는 라마……

개미 음수대 물이 쫄쫄 흘러내렸다

유리섬
―폭죽

한 줄기 빛으로 지나왔어요
도깨비 장단이 어우러지는 바다의 가장자리
한여름 밤의 꿈처럼 위태로웠죠
세상의 골목골목에서 쏟아져 나온 사람들
앞서기도 하고 토라지기도 하면서
육지의 끝으로 몰려왔죠
'찰랑이는 꿈 만 원에 삽니다'
밤의 극단처럼 길을 펼치고 있었죠
땅을 벌리는 사람들은 어깨를 건 별빛
펑펑 만조로 피어올랐죠

3
사람들

유리섬
─협상의 즐거움

빛 에너지가 활발한 나무 밑동에서
비굴할 것도 없는 살림을 내비치며
생쥐는 쥐구멍이 환합니다

기우뚱 넘어오는 까치집을 바라보며
울고 웃다 버려진 광합성의 골목이
흰 구름을 육백육십한 장만큼 순매도한 날인데

세상은 껍질을 벗겨 보고
죽었는지 살았는지 냄새를 맡아 보고
전화를 걸어 기중기를 실어 옵니다

죽은 팽나무를 거둬들이는 시간은
공중에 서서 까치집을 겨눠 보고
아직 촉촉한 잎사귀를 오백오십다섯 장만큼 순매수하
는 일입니다

톱날의 소음이 커지면 쥐구멍이 어두워지는 생쥐

까치집을 피하려면 시선에 줄을 걸어
뒤집히는 바람과 맞서야 하나
중간 몸통에 갈고리를 연결하고
호기심의 눈 동그랗게 튀어 오릅니다

유리섬
—모래내 시장

자전거를 밀고 가는 할머니

천천히 여름의 초록 계단을 내려간다

장미의 촉은 붉고 여전히

길을 달리는 둥근 바퀴

꽃잎은 베네치아 안경점을 돌아 눈이 부신 유리창에
앉았다

꼬불꼬불 다시 올라가는 할머니는 등나무

페달을 밟아 우듬지에서 봉오리를 내미는데

등나무가 꽃을 피우면 못 생겨서 반짝이는 아이들

소풍을 나온 지구는 따르릉따르릉 종을 울릴까

기우뚱 피어 올리는 나무 위로

저렇게 한가로이 새들 날아가는데

단양

　휘돌아 치는 급류 속으로 노를 넣어 일급수 쉬리가 산다는 세월을 따라간다 산나리 햇빛 속에 집 지어 놓고

　남천에서 하류로 떠내려 가는 옛날 나루터 큰절에 이름을 올린 사람들 새로 이사 온 목사 부부가 돌리는 떡을 받아 먹는다

　농약통을 실었던 경운기는 물안개를 돌리며 '이곳의 모든 과일에 약을 치지 않아요' 웃음 짓는 햇볕과 강변에 앉아

　외지에서 시집 온 바람에 7월 봉숭아 꽃물은 들이지 말라고 떠내려오는 전설을 물소리에 묶어 놓는다

　밭은 기침 소리 두릅나무에 걸어 놓고 이 마을 문맹의 넓은 홀을 자맥질 하는 갓 스물 처녀 강태공을 태우고 비와 바람 저으며 간다

장수천 엘리베이터

올라갑니다, 지상 2층
장수천 옆 빵을 파는 노점상 앞으로 갓난아기를 태운
유모차가 봄날의 정문을 지나친다
올라갑니다, 지상 3층
장수천 옆 벚꽃들이 봄날의 롤러코스터를 타고
쾌속으로 올라오고 있다
올라갑니다, 지상 5층
장수천 옆 새로 짓는 건물 인부들이 들어 올리는 쇳덩이가
쩌렁쩌렁 봄날의 허공을 울린다
올라갑니다, 지상 6층
장수천 옆 자전거를 탄 무리들이 둥글게 바퀴를 굴리며
봄날의 중턱을 빠져나간다
내려갑니다, 지상 4층
장수천 옆 난전에 펼쳐 놓은 잡곡들, 쓰다듬고 쓰다듬는 할머니
꼬부라진 허리를 꼭 부여잡은 햇살의 손등이 파르랗다
내려갑니다, 지상 1층

장수천 옆 물소리를 가르며 휠체어를 딴 할아버지가
봄날의 하구에 천천히 내리신다
내려갑니다, 지하 1층
장수천 옆 수련관 로비에서 책을 읽던 한 여자가
엘리베이터를 유심히 바라본다
되풀이되는 신호에도 얼굴 하나 찌푸리지 않고
올라갔다 내려오는 장수천을 바라본다

유리섬
-링거

공원 한가운데로 하느님이 힘껏 공을 던져 주신다

며칠째 아무것도 먹지 않은 피튜니아 젖은 잎을 성큼 들어 잠에서 깨어난다 무심코 날아온 흰나비의 둥근 날개를 받아 안는다

속살이 다 보이는 목마가렛 개들을 컹컹 쫓아간다. 새들도 검은 장미의 터널을 가로질러 간다

노란 한련화 분홍 팬지 빛의 분수 사이로 마구 흘러내린다 버찌 열매를 발라내던 구름을 쓰윽 닦아 내고

원형의 하늘 공원으로 오르는 분수, 물방울 뒤에서 태어나는 아이들

엄마는 여기서 기다려…… 달리아 노란 향기로 떠오른다

유리섬
―분실

　풍경이 펼쳐진 채 그녀가 고른 책들은 계산대 위에서 숨 고르기를 하고 있다 지갑을 잃어버린 날 들숨과 날숨의 엇박자로 밀려오는 바다

　사람들은 평온하고 경계가 없지만 그녀는 다급히 손을 내밀어 수면을 만진다 마음을 부풀리던 흰 구름이 일시에 파문 진다

　책을 놓으면 아웃 포커스로 멀어지는 수평선, 그녀는 온몸이 울퉁불퉁해져 거친 물굽이 한 구석에 당도한다

　돌아보면 잃어버린 저 많은 물결들…… 점자로 박혀 있는 섬들이 마른 침을 삼키며 돌아가는 낯선 오후, 변색된 문장을 거슬러 오르는

　분실 안내 방송은 아직 들리지 않는다

유리섬
－천칭자리

　질주하는 쓰레기차의 소음 속에서도 붉게 핀 장미의 담장을 지나
　시간의 넓은 공터에서 뛰노는 아이들 창창한 웃음소리를 지나
　무엇이든 입으로 건드려 보는 물방울

　낮은 지대에 뿌리내린 햇살을 지나
　바이 더 웨이 바이 더 웨이……
　기도하는 처소는 하얀 입김을 부스럭거리네

　처녀자리와 전갈자리 7월 초순의 자오선을 지나
　웃자란 가지들 그림자로 내려오는 구부러진 달팽이관을 지나
　새끼 고양이 아찔하게 거리를 관통하네

　이십사 시간 머물 수 없는 간이역사
　불면의 시간을 지나
　공룡의 발자국 뒤로 가는 화살표를 지나

자꾸 밀려나는 녹지대 비닐하우스 꽃과 난蘭을 붙잡고
네게 필요한 건 용기야
안개비에 젖는 천마산 낮은 지붕 밑에서

다시 쓰는 새벽 닭 울음소리

유리섬
―한파 몸살

꽁꽁 언 대기에 불어닥치는 꽃잎들
동파되기 직전의 바다는 가까이 파도친다
미끄러운 길은 충혈되어 모든 손잡이는 대치 중
꽃을 진열하는 사람은 노면이 딱딱하다
가도街道에 귀끝과 손끝이 시려운 오후가
실랑이를 벌이던 꽃을 던지면
유리병처럼 산산조각 나는 꽃잎들
선혈이 낭자한 날씨를 밀면
유리 한 장의 경계로 실내에 냉기가 흘러든다
이곳에 도착하는 얼굴들 무사하지만
후후 불어 대는 입김은 수시로 문을 연다
생화를 파는 저녁이 얼어붙은 꽃을 주섬주섬 챙겨
눈발 속으로 멀어진다

유리섬
─명료한 진창

머리는 어둠의 구간에서
미끄러운 도로 흐린 하늘을 질주 중입니다
몸통은 침묵의 구간에서
안개의 골목 안개의 창문을 통과 중입니다
뿌리는 바람의 구간에서
풀씨들의 오해 풀씨들의 퀭한 눈을 달리는 중입니다
물소리는 점점 얼음이 녹아 내립니다 하루 이틀 사흘
……

열하루 스무나흘 예순닷새
지진이 난 듯 꿇어앉아 흔들리고 있습니다
백일 관음기도 중인 용문사
얼었던 마당이 곤죽이 되고 있습니다

손바닥 화석으로 찍힌 바람 지나가면
푹 삭은 잔디의 가슴 드러납니다
젖은 얼굴들 소음이 녹아 내립니다

월풀, 투모로우 랜드

나이아가라에서 흐르는 물이 일주일간 머물며 원하는
모형으로 꺾이기 전

마음을 가라앉히고

붉은색 하트로 옷을 갈아입고 좁은 문을 빠져나갑니다
정신은 단단히 끈을 매었지만 부딪히고 튕겨 나가고

겹쳐지는 곳의 간격을 맞추며

유대인의 거리를 지날 때는 경전을 든 아버지와 아들
흑인가의 공원엔 피켓을 든 수많은 문양들

먹구름 흰구름 구호를 외치는

어제는 어제의 만남 오늘은 오늘의 만남 바람이 스칠
때마다 나뭇잎은 채칵채칵 돋아나 월풀, 수많은 인파 속
에서

인간을 정비하여 출사표를 던집니다

떨어지는 폭포는 머리 따로 팔 따로 제각각인 몸을 이어 붙이고 인도인 아프리카인 한 명 두 명 가라앉지 않은 세계의 섬들이 촘촘한 간격으로

모형 기차에 아이들을 태웁니다

CN빌딩 요밀한 공기 속을 걸어서 걸어서…… 젊은 엄마 아빠가 타워 꼭대기를 오르듯 떠밀리지 않으려고

월풀은 무지개가 뜹니다

몇만 킬로의 나무를 달려온 호숫가 모래와 물로 반죽을 하여 한 삽, 한 삽 불을 떠 내어 마침내 해가 완성되면

과거와 현재의 원을 도는 월풀, 미래로 흘러가는 입구가 다시 또 삼엄해집니다

유리섬
—야영

고기를 굽고 이야기를 피우는 사람들 곁으로 별빛이
선명한 지구

불판에 올려놓은 여름을 끄면 삶 깊은 곳에 멧돼지가
출몰한다

밖으로 발을 내디디면 떠도는 짐승과 이토록 가까운
데 냄새를 맡고 다가오는 것들에 마음의 갈기를 세우면
울울창창 눈동자 켜지는 밤

우우우 바람에 동승한 뭇짐승들과 함께 한 판 늦은 저
녁을 엎지르고 꼬챙이에 찔린 지구를 살살 빼내는 외계
인을 들여다본다

오각선반* 그 여자

급행차를 타고 오느라 배 고프고 지친 몸을 내렸을 때

어머니를 진흙으로 구워 내 꽃을 피우는 신 꽃마다 물관이 생겨나 천장에서 물고기가 내려오는 신

꽃잎 같은 알집을 매달고 몸속의 수많은 계단을 만들어 1호점 2호점 3호점 여신들의 점포를 늘리는 신

지면地面은 부실한 다리를 위하여 공중에 들어 올리고 지느러미가 돋아나 하늘거리는 신

간혹 터널로 들어가는 꿈을 꾸는지 사람들은 덜컹거리지만 지하에서 지하를 꺼내며 미로의 방문을 허락하는 신 퐁퐁 솟아 올라와 물고기 같은 아이들에게 밥을 먹일 때

굴속을 통과하는 얼굴들 가지런해 올록볼록한 돌멩이들 튕겨 내지 않고 찰칵! 입구를 찍고 들어간다

사이렌을 잠그고 이방異邦의 붉은 꽃을 지나간다

* 초현실적 형태로 지어진 중화민국의 한 식당

개심사 가는 길

숙성이 끝나가는 묘지

죽은 자들이 비추는 삶을 들여다보며 때죽나무 3월 난
간을 붙들 때
　말라 가는 들판 무논의 새들에게 새싹을 내민다

해지도록 걸어서 걸어서 개심사 가는 길

꽃잎 띄워 겨울을 들이키는 사람들 중력의 법칙에 허
공을 끄덕이며 뿌리들의 시간에 몸을 담근다

고여 있는 숲길을 밟으며 흘러내리던 돌들 마음을 고
쳐먹고 능선을 넘어간다

들쑥날쑥 소란한 길 다 지워지고 꽃술에 취해서 삐뚤
빼뚤 내려오는 개나리들 대로大路 옆에서 얇은 옷깃을 여
민다

철새들 날갯죽지 간지러울 때마다 긴 강을 건너고 싶은 갈대들 톡톡 물방울 떨어진다

계명誡命공원

　밤새 술병을 쓰러뜨린 사내들이 저희끼리 몸싸움을 하고 있다 트위스트 발판에 올라 하체를 좌우로 움직이며 하늘을 비틀어 보고 있다 땅을 꼬집어 보고 있다 실강이가 공중에 엎어지기도 한다

　아침이 와서 연행하려고 하자 지푸라기들 먼저 사방으로 날아오른다 스카이워킹 벤치 위에는 누군가 두고 간 신약성서 개정판이 놓여 있다 지나가던 바람이 페이지를 읽다 간다

　상체만 교복을 입은 햇빛이 피우던 담배를 버리고 그 자리를 떠난다 발판에 아침을 올리고 바퀴를 굴려 보던 사내가 얼굴을 내밀지 않는 하늘을 힐끗 쳐다본다

　노점에 주차 중인 구름이 다 빠져나간 뒤에야 그는 길을 열고 물건들을 꺼내 놓기 시작한다 오래 된 라디오 선풍기 밥솥 같은 몸…… 터닝암 핸들 손잡이를 잡고 좌우로 목과 허리 관절을 돌리며 녹슨 전선을 갈아 끼울 때

뭉친 어깨 위로 지빠귀 몇 마리 날아오른다 교실 의자로 돌아온 버티컬 플라이…… 기도하듯 책을 펼친다 계명 공원 참나무 교실 그제서야 날개 돋친 듯 팔려 나간다

유리섬
―그 먹물버섯

윙윙 바람이 불고 먹물버섯 차단기가 올라가요

척척 손발이 맞는 인부들은 넘쳐나는 쓰레기를 들어
올려요

아이들의 시뮬레이션 아스팔트를 밀어 올려요

포자의 꿈 지울 수 없어 몇 잎의 부양토 위에 뿌리를
내렸어요

삐죽삐죽 뚫고 나오는 살갗이 아픈데

잎을 밀어 내는 자리는 먹빛으로 수북해요

달팽이를 훈련시키는 아이들

먹구름을 밟으면 본격적으로 여름비가 쏟아져요

모래 준설 파이프, 그 사내

　무어라 이름 부를 수 없어 낚시에 이끼를 끼우는 사내에게 물었을 때 그 관은 조금 금이 간 상태로 끌려 나왔다 언어 장애자의 성대에서 새어 나오는 길고 둥근 관, 찬물과 짠물 속에서 오랜 시간 모래를 퍼 올리면서 표면이 부식된

　물이 새기 시작해 벌건 녹과 함께 떨어져 나와 부둣가에 홀로 놓여 있는 그 사내는 모래가 바닷물에 닿지 않는다는 것과 배로 옮겨진다는 것과 그리하여 그 관은 세워져 있는 파이프였다는 것을

　사방으로 흩어지는 모래들을 그러모아 원통형의 문장으로 만들고 있었는데 그림처럼…… 글자처럼…… 삼라만상의 공기처럼 붐비면서 짤막짤막 끊어지듯 언어로 조립되는 그의 파이프가 쫀득한 바닷물에 묻어나는 사이

　시간의 오브제는 쇠의 보푸라기, 깊은 바닷속에서 이제 겨우 빠져나와 다음 시간으로 건너가기 전 햇볕 속에

잠시 자신을 되비치는

　트레몰로 주법의 선율처럼 오래된 사내는 흔들흔들하
고 꼬불꼬불하고 부두의 방파제를 돌아서 파도처럼 철
썩이다가 눈앞의 새를 날리다가 그 관을 부둣가에 내려
놓는다

　공기의 몽타주를 끝까지 따라가면 눈앞에 선명하게
눕혀지는 모래 준설 파이프! 바람과 시간으로 반죽된
　그 사내, 그제야 물고기의 미끼를 꿰러 제자리로 돌아
간다

심천深川*으로 가는 길

질주하는 속도만큼 모두가 사라지는 것뿐이어서
각을 세운 시골 마을의 지붕들도 풀숲에 몸을 가린 채
달려가고 있다
깊은 골짜기와 돌산들도 기차가 정거할 때마다
하나씩 내려선 어디론가 빨리빨리 사라지는

심천으로 가는 길

느리게 수화를 하던 청각 장애인 노부부가
다음 역에서 와자지껄 말을 타고 가 버리고
떠나온 고향 쪽으로 끝없이 전화를 하던 젊은이가
심천역이 다가오자 상기된 얼굴로 종료 키를 누른다

지나온 역들이 차례로 닫힐 때마다
새로운 역 심천은 부상浮上하고 있다

손잡이를 잡은 마음은
심천이 가까울수록 심천深川! 하고 심호흡을 하게 된다

심천心川으로 잘 흘러들 수 있을까
손 안의 비자카드를 꼭 쥐어 보는 것이다

* 중국 남쪽 도시

유리섬
—유동 갯마을

방아머리에서 황톳길을 걷다 보면 끝말의 갯내음이 불어온다 사람들 하나 둘 떠나고 새롭게 구획되는 바다 지금은 나문재 칠면조 퉁퉁마디가 자라지 않는다 길을 물으면 어디서든 꽃피던 섬 썰물처럼 빠져나가고 울타리고둥 마을은 흔히 볼 수 없는 얼룩 무늬 껍질로 벽돌을 쌓아 올렸다 따개비 동네 사람들 껍질을 닫고 있다가 물이 들어오면 가는 털 같은 다리를 내밀고 먹이를 잡아먹는다 외화外華의 잔물결 일렁이는 갯강구 군희 언니는 밀물이 되면 습지로 달아나 긴 더듬이로 걸어다닌다 군부 준석이 오빠는 밤이 되면 웅덩이에서 빠져나와 바위 위에서 책을 읽었지만 늘 담치 껍질에 찔리지 않으려고 맨발을 조심하였다 가시를 지렛대로 삼아 몸의 중심을 옮겨 가던 친구들도 있었으니 말똥성게 발을 쭉 벋은 그 중에 몇은 별이 되기도 했다 나는 밀물과 썰물이 교차하는 갯가에 살며 아직도 물속에 몸을 넣으면 마음부터 황급히 밖으로 기어 나오는 총알고둥 우리는 몸의 앞뒤가 정해져 있지 않은 불가사리 기어가는 도중에 자유롭게 방향을 바꾸기도 하고 때론 마음이 사나워져 닥치는 대로

먹어 치우기도 하는 원시 연체동물 입 주위의 길고 가는
촉수마다 **담황줄말미잘** 독바늘이 돋아 있어 바닷물이
다 빠지기 전 바닷가 사람들 폭풍의 해안에서 파도처럼
살고 있다

사려니 숲

폭우가 쏟아지자 수련의 잎들은 아프다고 운다

늪지로 피신 온 어두운 대낮은 천둥과 번개로 피어나기 전 뭉글뭉글한 돌멩이, 옆구리에 엉겅퀴를 피워 놓는다

바위에 고인 물은 지금까지 견뎌 온 물고기의 체액 날이 개면 까맣게 물이끼로 자라는

철창 안 사슴들의 덧문을 열어 준다

신경 안정제 같은 안개를 방출하는 연못에 소금쟁이 뛰어간다

돌과 수면에 천천히 스며드는 테르펜 꼬물꼬물 움직이는 들꽃들

손을 내밀면 서먹한 못물도 미끄러운 돌멩이에 입술을 댄다

철책 안 수련의 시간이 넓어지면 살아니* 녹색의 파문
이 내려앉는다

　　* 실 따위를 동그랗게 포개어 감는다는 제주어 '사려니'의 다른 말

유리섬
—포옹

    예상대로 그는 굳게 닫혀 있다 잠금장치를 풀어야겠다는 생각만 간절하다 들어가는 입구가 막혀 있을 때 그 안이 더 궁금해지는 건 어쩔 수 없다 수많은 번호를 조합해 버튼을 누른다 숫자의 두드림으로 그가 열릴 확률은 미미하다 쫑긋 귀를 세우고 손을 뻗어 섬세하게 만진다 오감의 브레인스토밍 떨리는 신호를 놓쳐서는 안 된다 발신음이 잡히면 뒤꿈치를 들고 따라간다 온 마음을 기울여 키를 누른다 찰칵! 비밀의 숫자가 맞는 순간 방에 들어선다 그를 열었다는 통쾌함이 밀려올 때 어떻게 들어왔어? 생긋 웃으며 그가 묻는 것이다

상실의 민낯과 민낯이 가진 섬세한 감각

하린(시인)

　정민나 시인의 세 번째 시집『협상의 즐거움』을 읽는 중요한 코드는 바로 '상실'이다. 상실은 잃어버리는 일, 없어지거나 사라지는 일을 뜻한다. 자연스럽게 우리는 '무엇을?'이란 질문을 갖게 된다. 무엇을 상실했는가? 시인이 상실한 것은 '고향'이다. 그런데 그 상실은 없어지거나 사라지는 상실이 아니라 잃어버린 것을 나타내는 상실이다. 분단 지역처럼 갈 수 없거나 수몰 지역처럼 먼발치에서 바라만 봐야 하는 절대적 상실이 아닌, 개발로 인한 상실이기 때문에 생각의 전환만 가져오면 치유가 가능한 상실이다. 바다가 메워지고 마을엔 '유리 박물관'이 이방인처럼 들어와 있지만 그곳도 또 다른 옷을 입고 여전히 제자리를 지키고 있는 고향일 뿐이다. 그래서 시인은 상실의 아픔을 노래하지 않는다. 상실의 배후, 상실의 과정, 상실의 결과로 인한 '파괴'를 저주하거나 증오하지 않고, '복원'의 의미로써 과거 지향적인 인식을 갖는 생태학적 노래도 부르지 않는다. 그렇다고 '어쩔 수 없는 일이군' 하고 상실 자체를 인정하는 허무주의적 태도도 보이지 않는다.

　상실은 모두 주관적 경험 맥락에 의해 형성된 심리 상태이기에 시인은 그저 무덤덤하게 상실 속에서, 또는 상실인지도 모르고 살아가는 존재들 속에서 '지금—여기'를 생생하게 시를 통해 증언하려 한다. 증언은 상당히 구체적이면서 담백하다. 시적 의도를 최대한 자제한 채 정서적 무늬를 살짝 배면에 깔아 놓을 뿐이다. 현존 의식으로 똘똘 뭉쳐 있는 상태에서 시적 국면에 서린 풍경들을 다큐의 정신으로 그려 놓고 있는 방식이다. "자칫 소홀히 하여 깨지기 쉬운 유리도 조심스럽게 다루면 새롭게 변신하는 것처럼"('시인의 말') 개발로 인한 상처도 세심하게 다루면 '상실'의 의미를 뛰어넘는 실존의 의미로 감각화 시킬 수 있다고 믿는다.

1. 상실의 민낯

시인은 '유리섬' 연작시를 통해 상징화된 코드인 '유리'를 집요하게 강조한다. 왜 유리인가? 유리는 투명성, 순질성, 차단성, 경계성 등을 갖는다. 이 중에서 시인은 투명성과 순질성에 관심을 두고 있다. 유리를 배척의 대상으로 보지 않고 그 자체가 가진 고유적 특성을 필터로 사용하여 인식의 투명성을 낳고 있다. 유리를 통해서 세계를 보니 있는 그대로 '대면'할 수 있게 되고, 그 이상으로 수식하는 행위나 그 이하로 혐오하는 행위를 자제하게 된다.

새단장 쇼파 전문 매장에서 엔틱 모던 가구 인테리어 소품점에서 토종 순대국 만석이네 집에서 생기 약국에서 신태양 안경점에서 과외 혁명 원플라스 학원에서 김포 꽃 화원에서 씨를 받

아 왔다

난蘭생처음 자생란 가게에 낚시 플라자에 클릭 사랑 보드게임 제이제이에 아이미즈 산부인과에 활어회 직판장에 21세기미소 치과에 쓰고 남은 씨를 무료로 나눠 주었다

발꿈치를 높이 든 전기공 어깨 위에 신호를 놓치지 않으려고 절뚝이며 뛰어오는 할아버지의 발등에 '파출부 쓰실 분' 전단지를 붙이는 여자의 몸 위에 줄기는 왕성하게 피어오른다

바퀴들 쌩쌩 굴러가는 시내 한복판 목화* 피었다고 이 마을 사람들도 틀어 보니 새하얀 무명 꽃이더라고

인견 피그먼트 이불과 극세사 차렵이불 아사 원단 침구류 소매상을 하는 친구에게 편지를 쓴다 목화솜 이불 덮고 하룻밤 자고 가라고

요즘 신新도시 사람들의 감촉이 많이 달라졌다고

* 요즘 목화씨를 일정량 배급하는 도시가 있다

―「유리섬― 초대」전문

「유리섬-초대」를 통해 시인은 다큐멘터리 감독이 갖는 '기록'의 의미를 최대한 담고 있다. 감독이 생생함을 카메라에 담아 내는 것을 우선하고 의도를 전체 영상의 배면에 깔아 놓는 것처럼 시인은 신도시의 풍광을 실감나게 증언하고 그 풍광 뒤에 의미를 그림자처럼 덧붙여 놓는다. 시의 앞부분에서 씨를 무료로 받아 간 장소인 '새단장 쇼파 전문 매장''엔틱 모던 가구 인테리어 소품점''토종 순대국 만석이네''생기 약국''신태양 안경점''과외 혁명 원플라스 학원''김포 꽃화원''난蘭생처럼 자생란 가게''낚시 플라자''클릭 사랑 보드게임 제이제이''아이미즈 산부인과''활어회 직판장''21세기 미소 치과' 등과 같은 구체적인 장소를 밝힌 점이 그것을 단적으로 반증한다. 이기적 유전자가 발달한 도시 문명인들에겐 '우리', '함께'라는 말은 공유 지점이 없는 무감각한 단어가 된 지 오래다. '고향' 자리에 입주한 새로운 신도시인들이 서로 공감하는 공동체 감정을 느끼게 하려면 그들 각자가 가지고 있는 구체적인 관심사를 일깨워야 한다. 그래서 시인은 그들이 가진 코드인 생계 수단과 관련된 고유명사를 일일이 언급했던 것이다.

사람을 언급할 때도 "발꿈치를 높이 든 전기공 어깨 위에 신호를 놓치지 않으려고 절뚝이며 뛰어오는 할아버지의 발등"이라고 한다거나 "인견 피그먼트 이불과 극세사 차렵이불 아사 원단 침구류 소매상을 하는 친구"라고 언급한 것도 같은 맥락에서 이해할 수 있다.

이런 다큐적인 태도 안쪽에 시인은 의도가 살짝 가미된 상징물을 배치한다. 그것은 바로 '목화씨'다. 목화씨는 이 시에서 단순한 생물이 아니다. 다양한 욕망을 각자의 방식으로 분출하고 있는 현대인들에게 유대감을 심어 주는 일종의 바이러스적인 코드다. "신新도시 사람들의 감촉이 많이 달라"지게 만드는 촉매제가 바로 목화씨다. 어차피 옛날식 고향은 사라지고 없다. 자본주의 사회에선 그것을 절대 되돌릴 수도 없다. 그러니 신도시의 새로운 환경 속에서 유대감을 가질 수 있는 자발적인 노력을 해야 한다. 시인은 '목화씨'가 이어달리기를 하듯이 그런 역할을 할 거라 확언하고 있다.

시인이 쓰고 있는 '유리섬' 연작의 근본 태도는 생생하게 현존을 있는 그대로 담아 내려는 다큐의 정신에 기반을 둔다. 그렇게 하다 보니 자신도 모르게 솔직담백한 감각을 갖게 되었다. 「유리섬—초대」, 「유리섬—공룡을 조립하는 아이」, 「유리섬—인공 누액」, 「유리섬—모노레일」, 「유리섬—구제역」 등에서 우리는 그 감각을 확인할 수 있다.

2. 민낯이 가진 섬세한 감각

다큐의 정신이 시인의 근본 기질이라면 그 근본 기질에 뿌리를 두고 점점 영역을 확장하려는 세계나 섬세함이 무엇인지 궁금해지지 않을 수 없다. 정민나 시인은 실체적 현상이 갖는 '민낯'에서 기화를 시작하여 점점 더 '민낯'의 너머나 경계 지점으로 섬세하게 이동하려는 태도를 보인다. 형상을 한 번 더 세밀하게 그려 낸 다음 세목들이 갖는 즉물적인 속성을 직관하여 이미지로써 감각화시켜 표현하려고 하는 것이다.

　　창문을 열면

　　관 같은 통로를 따라 데굴데굴 굴러온다

　　파랑새의 지면이 얇은 꽃잎처럼 주름진다

　　꽃대를 움켜진 바람

　　마른 들국화의 심장으로 번개가 지나간다

　　놀이터의 그네와 시소는 휴일을 잠근다

　　얼룩말과 향나무 사이 괄호를 치고

　　청단풍의 골목이 후두둑 떨어진다

　　쿨럭쿨럭 기침을 한다 나뭇잎들이

　　새파랗게 휘어진다 학교 담장 너머에서

　　입김이 후우! 구름의 종소리에 좌정한다

참새가 텀블링하듯 이파리와 하늘 공간 사이에서

날아온다…… 잔디의 지면에 닿아 평등해진다

　　　　　　　　　　　　　　　　　　　　 ─「유리섬─우박」전문

　이런 기질은 감정을 절제한 후 솔직담백한 요소를 바탕에
둔 채 대상을 정밀하게 경계 너머까지 읽었을 때에만 가능한
시적 내공이다. 「유리섬─우박」에서 화자는 오직 관찰자로만
등장한다. 그런데 예민한 감각 기관을 가진 관찰자다. 시인은
그런 화자의 눈을 통해 '우박'으로 인해 생긴 생경한 이미지
를 독자 앞에 툭 던지고 있다. 우박이 내리면 새는 앉을 자리
를 찾아 헤맨다. 그래서 "파랑새의 지면이 얇은 꽃잎처럼 주
름"지게 된다. "꽃대를 움켜진 바람"이 다녀가고 "마른 들국
화의 심장"을 가진 "번개가 지나"가면 잠시 "놀이터의 그네
와 시소는 휴일을 잠근" 상태가 되어 저희들끼리의 일상을 즐
긴다. 빼어난 이미지즘의 시 한 편을 보는 듯하다. 시인은 모
자이크하듯 낯선 이미지를 연속적으로 덧붙인다. 우박은 힘
이 세다. 그 안엔 다양한 가능성이 잠재되어 있다. 그래서 "얼
룩말과 향나무 사이 괄호를 치"게 만들고 "청단풍의 골목이
후두둑 떨어"지게 한다. 갑자기 내린 우박에 제일 힘겨운 것
은 잎들이다. 잎들은 냉해를 입기 십상이다. 그런 나뭇잎들이
"쿨럭쿨럭 기침을"하더니 "학교 담장 너머에서" "새파랗게
휘어진다". 이젠 날씨를 좌지우지하는 존재가 '입김'을 '후우!'
분다. '구름의 종소리'에 맞춰 우박은 한꺼번에 쏟아지고 기

분이 좋아진 "참새가 텀블링하듯 이파리와 하늘 공간 사이에서…… 날아온다".

이 시의 압권은 마지막 행에 있다. "잔디의 지면에 닿아 평등해진다"라는 구절이다. 원래 잔디의 지면은 평평한 상태이다. 그런데 시인은 '평등'이란 단어를 일부러 써서 모든 존재가 우박 속에서 '민낯'을 드러내는 평등을 보여 줬음을 강조한다. '정밀하게 경계 너머까지 읽었을 때에만 가능한 시적 내공'이 이 하나의 단어로 암시된다.

업데이트 하지 못한 계절은

배꽃을 떨어뜨린 우박을 밟고 서 있다

자기 견해를 뺀 줄거리로 오늘이라는 고속도로로 들어서라는

아버지의 당부는

오류가 날 수 없다는 표정이지만

눈 녹지 않은 비닐하우스를 하얗게 켜고

사람들의 농로 한가운데 멈춰 있다

　　　　　　　　　　　　　　　　　　　　　―「유리섬― 내비게이션」부분

시인이 보다 섬세한 감각으로 나아가는 지점에는 문명성과 자연성이 어우러진 경우가 많았다. 「유리섬―내비게이션」도 그런 작품 중에 하나이다. 문명적 속성에 익숙한 화자는 무턱대고 "들판 한 가운데로 들어"갔다가 우왕좌왕하게 된다. 돌아서려고 하자 들판은 "푸드덕 주변의 거위를 날"려 화들짝 놀라게 한다. 정신을 차려 나아가려 하지만 "상추밭 가장자리를 밟"는 실수를 또 하고 만다. "간신히 빠져나온 삼거리"에서 "좌회전해야 할 것 같은데 우회전"하는 자신을 뒤늦게 깨닫게 되지만 늦었다. "자기 견해를 뺀 줄거리로 오늘이라는 고속도로로 들어서라는/ 아버지의 당부"도 소용없다. 결국 "사람들의 농로 한가운데 멈춰 있"는 꼴이 되고 만다.

이 시에서 화자는 영락없이 "업데이트 하지 못한 계절"이다. 그 상태를 "배꽃을 떨어뜨린 우박을 밟고 서 있"는 기분이라고 시인은 탁월하게 표현했다. 그런데 시를 다 읽고 나면 묘한 기분이 든다. 암시성을 띤 표현 때문이다. '자기 견해를 뺀 줄거리'에 시선이 자꾸 머무르게 된다. 자기 욕심, 자기 욕망, 자기 자신 그 자체를 버리면서 '지금―여기'에 몸 맡기며 살아가라는 무욕의 상태를 이르는 말 같기도 하고, 솔직담백하게 우월성을 버리고 관찰자로서만 냉정하게 시인의 감각을 보여 주라는 당부의 말씀 같기도 하다. 선택은 독자의 몫이라지만 필자는 후자의 느낌으로 강하게 다가왔다. 길을 잘못 들어섬으로써 발현된 '거위', '상추', '아버지의 말씀' 등이 모두 시적으로 표현되었기 때문이다. '거위'는 반전적인 이미지로, '상추'는 강조점을 갖는 대상으로, '아버지의 말씀'은 주제를 강화하는 의미로 쓰였다.

필자는 정민나 시인이 '업데이트 하지 못한 계절'로 남아 계속 방황하길 바란다. 완벽하게 '업데이트'된 상태에선 이성이 지나치게 개입하여 딱 정해진 시적 패턴으로만 달려가서, 실수나 오류로 인해 찾아오는 다양한 정서나 다양한 세계를 만날 수 없기 때문이다.

시는 상실에서 온다. 온전한 것들, 다 채워진 것들로부터 시는 발현되지 않는다. 상실은 시인의 시선이 머무르게 하는 힘을 갖고 있다. 그런데 그 상실을 어떤 태도로 어떻게 담아내느냐는 온전히 시인의 몫이다. 심연을 응시하면서 심각한 태도로 강렬하게 다룰 것인지, 아니면 솔직담백한 태도로 현상을 직시하면서 '척'을 배제한 채 다큐의 방식으로 담을 것인지……. 이것은 오직 시인의 가치관과 시적 태도에 따라 결정된다.

상실의 국면과 시인의 정서적 아우라가 만나 개별화된 파장을 일으킨다. 그 파장은 확산되고 와해되거나 융합되면서 독특한 언어적 무늬를 형성한다. 그 무늬가 바로 시인의 차별화된 개성이다. 정민나 시인은 후자의 방식을 택하고 있으며, 솔직담백한 상태에서 현상을 감각화시키려는 태도로 인해 꾸밈없는 이미지즘 시를 낳고 있다. 이미지즘 시는 보통 수사라는 옷을 입고 탄생하는데, 정민나의 시는 의도적인 꾸밈이 없이, 감정적인 '척'도 없이 이미지즘이 갖는 최상의 상태에 이르고 있다. 시집『협상의 즐거움』이후에도 시인이 자신만의 특장인 '꾸밈없는 이미지즘의 감각'을 최대한 살려 더욱 더 주목받는 시인이 되길 희망한다.

협상의 즐거움

정민나 시집

초판 1쇄 발행일   2016년 10월 5일

지은이 · 정민나
펴낸이 · 김종해
펴낸곳 · 문학세계사

주소 · 서울시 마포구 신수로 59-1(04087)
대표전화 · 02-702-1800   팩시밀리 · 02-702-0084
이메일 · mail@msp21.co.kr
홈페이지 · www.msp21.co.kr
페이스북 · www.facebook.com/munsebooks
출판등록 · 제21-108호(1979.5.16)

값 8,000원
ISBN 978-89-7075-827-5 03810
ⓒ 정민나, 2016

이 시집은 인천시, (재)인천문화재단과 한국문화예술위원회의 지역협력형 사업으로 선정되어 발간되었습니다.

이 도서의 국립중앙도서관 출판예정도서목록(CIP)은 서지정보유통지원시스템 홈페이지(http://seoji.nl.go.kr)와 국가자료공동목록시스템(http://www.nl.go.kr/kolisnet)에서 이용하실 수 있습니다.(CIP제어번호:CIP2016022581)